패밀리 사이즈 2

**초판**      1쇄 발행 2015년 6월 30일

**지은이**    남지은 글 | 김인호 그림
**펴낸이**    한승수
**펴낸곳**    문예춘추사
**편 집**     고은정
**마케팅**    심지훈
**디자인**    오성민

**등록번호**   제300-1994-16
**등록일자**   1994년 1월 24일
**주소**      서울특별시 마포구 연남동 565-15 지남빌딩 309호
**전화**      02-338-0084
**팩스**      02-338-0087
**블로그**    moonchusa.blog.me
**E-mail**    moonchusa@naver.com

**ISBN**     978-89-7604-245-3  04810
             978-89-7604-244-6  04810(세트)

여섯 식구 만화가 가족의 일상 속으로! **Family Size**

# 패밀리 사이즈 ②

남지은 글 | 김인호 그림

문예춘추사

27화

# 드디어 만나다

넷째라니… **수월하게** 낳을 것 같다고 했던 나!
아~~ 나는 무슨 말을 했던가!!

양쪽 허벅지에 쥐까지 나자 **고통**은 극에 달했고
그렇게 포기하고 싶었던 순간…

엄마 마음을 위로해 주듯
랄라는 쩌렁한 울음소리를 내며 **태어나 주었다!**

## 고통이 컸던 만큼 감격도 큰 법!

기쁨과 함께 알 수 없는 감정들이 뒤범벅되어…
아기를 품에 안은 채 우리 부부는 펑펑 눈물을 쏟아 냈고,

그렇게 우리 가족의 새로운 얼굴!
막내와 만나게 되었다! ^^

허벅지 쥐도 안 풀렸는데…
그런 말은 장난이라도 노노~!

안녕하세요~ 처음 뵙겠습니다! 랄라라고 해요. ^^

여러분들이 보내 주신 격려와 응원 덕분에
엄마 배 속에서 이렇게 쑥쑥 자라 3.5킬로그램으로
건강하게 태어났답니다! 감사 감사~

엄마랑 의사 선생님은 제가 2.9킬로그램 정도 되는 줄 아셨대요.
그래서 아기가 작으니 빨리 나올 거라고 생각하셨다구요. ^^;;

엄마도 3.5킬로그램으로 태어나셨다는데…
저는 여러모로 엄마를 많이 닮은 것 같아요.
무엇보다 '여자'라는 큰 공통점이 있어서 엄마가 많이 기뻐하셨답니다!

앞으로 무럭무럭 자라서, '아들들' 집안에서
예쁜 딸 노릇 톡톡히 하는 예쁜 랄라가 될게요!
지켜봐 주셔요. ^^

– 랄라 올림

## 축하해

출산 다음 날…

그저께 아침,
갑자기 고열이 났던 션과 콧물 감기가 시작됐던 혀니,
그리고 엄마 없으면 잠을 못 자는 뚜…

문득 떠오른 삼 형제 생각에 걱정과 미안함이 밀려왔다.

출산 당일은 죽을 것처럼 온몸이 쑤시고 아프더니
다행히 다음 날은 많이 회복이 되었다.

그리하여 아침에 집으로 돌아간 남편은
일곱 시간 만에 삼 형제를 이끌고 병원으로 돌아왔다.

어제 있었던 일들을 종알종알 읊어대는 삼 형제…

처음 와 본 병실이 마냥 신기한 삼 형제… ^^

그때 마침 간식 시간이 됐고…

산모용 간식 쟁탈전이 잠시 벌어지기도 했다~
(역시 간식에 약한 아이들…ㅎㅎ)

그 와중에 맏이라고 의젓한 멘트 날려준 션…^^

그리고 드디어 기다렸던 **여동생!**
막내 랄라를 만나는 시간~

지난 몇 달 동안 **여동생 로망**에 푹~ 빠져 버린 삼 형제~!

우리 막내 동생은~♪ **여동생**이라오~♬ ^^

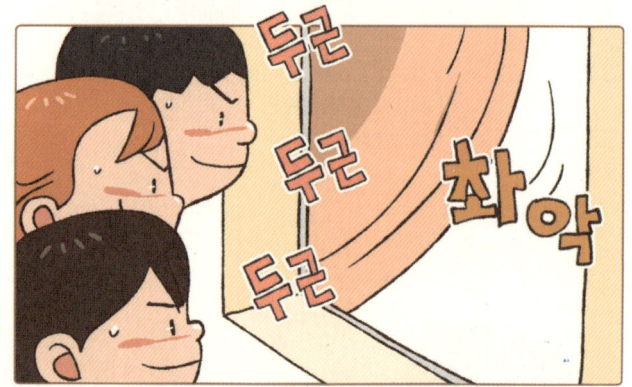

뭐야??

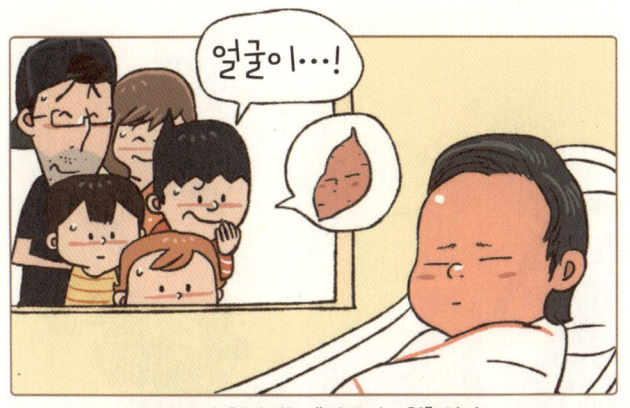

오빠들의 첫마디는 "얼굴이…?!" 였다.
그렇게 처음엔 다소 웃겨서(?) 한가득 미소를 머금더니~

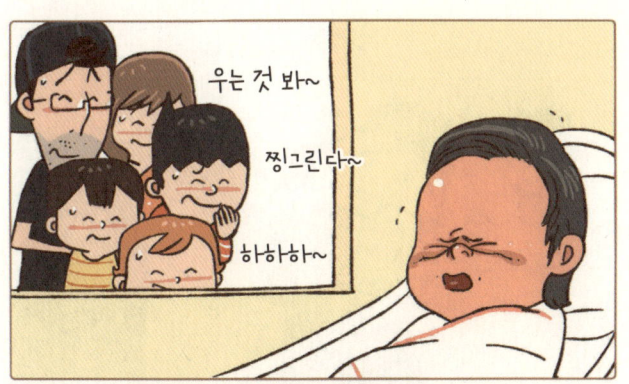

지금은 랄라가 하품만 해도 귀여워 죽겠다고
입이 찢어지게 웃는 오빠들이랍니다~ ^^
(너네도 신생아 땐 다 빨갰다고~~)

출산 전날 상황을 한번 돌이켜 볼까요? ^^

자정이 가까운 시간…

아빠가 휴재 공지 원고를 마친 직후
갑자기 시작된 규칙적인 배뭉침!!

한밤중이라 아이들은 모두 곤히 잠이 들어 있었고…

안 그래도 길눈이 어두운 친정 부모님께
먼 거리 밤 운전을 하시게 할 순 없었기에…

약한 진통과 멀지 않은 거리를 감안해
다소 긴장한 채로 혼자서 병원을 찾아갔다.

하지만 한 시간 후…

그리하여~
20분 거리에 있다는 고마운 이유로
오밤중에 태오 삼촌! 출동!!

(야근하고 피곤했을 텐데… ㅠ..ㅠ 고마워용~)

이튿날 아침,
출근해야 하는 삼촌 대신 할머니 출동!

(새벽 장거리 운전도 마다 않고 와 주신 어머님… 감사!)

낮 12시,
학원으로 출근해야 하는 할머니 대신 작은 할머니 출동!

(갑자기 드린 부탁인데 흔쾌히 삼 형제 맡아 주신 작은 엄마! 감사~)

오후 6시 반,
저녁 모임 있으신 작은 할머니 대신
이웃집 란이 이모네 가족 총출동!

(삼 형제와 하룻밤 함께 보내준 란이 이모, 깔끔 삼촌 고마워요~ ㅠ.ㅠ)

그렇게 네 가정이
몇 시간씩 나눠 릴레이로 삼 형제를 돌봐 주셨다.
ㅠ..ㅠ

그날 저녁…

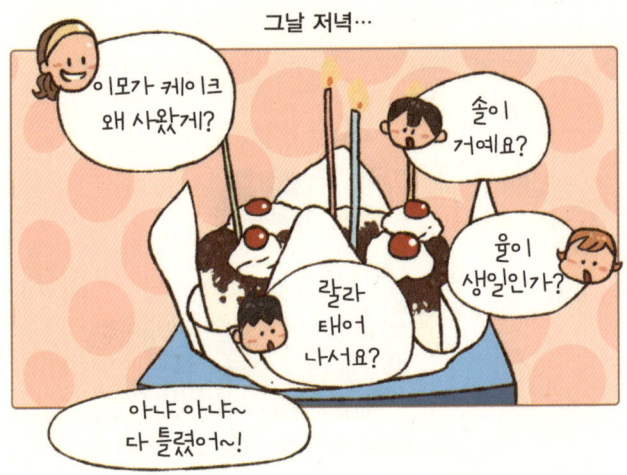

란이 이모가 준비한 케이크와 고마운 멘트로
랄라가 태어난 날을 기쁘게 기억하게 될 삼 형제…

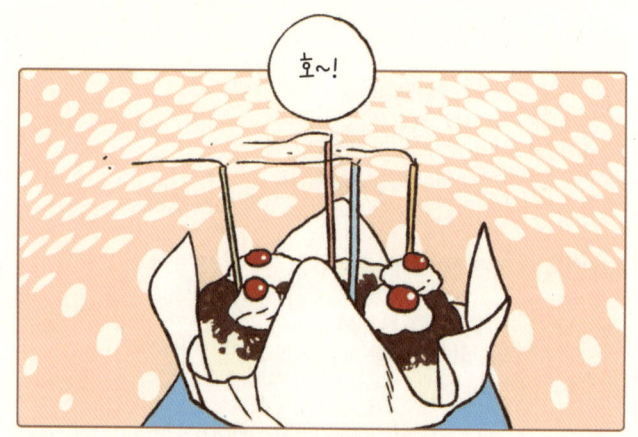

많은 분들의 도움으로
삼 형제 걱정 없이 출산 잘 하고 몸도 잘 회복할 수 있었어요~!

한 아이를 키우는데 마을 전체가 필요하다는 말이
새삼 가슴에 와 닿았습니다.

진심으로 감사드려요!

출산 예정일이 임박한 경산부(經産婦)라면,
"큰 애를 어떻게 해야 하나, 어디에 맡겨야 하나?"
염려하는 분들이 많을 거예요.

저희 집도 마찬가지였어요.
진통이 언제 오느냐에 따라서
삼 형제를 어디에 맡기느냐가 결정될 터라
촉각을 곤두세우며 랄라의 사인을 기다리고 있었답니다.
부디 누구에게라도 연락할 수 있는 낮에 진통이 오길 바라면서요.

그런데 랄라 양은 한밤중에 '똑똑' 문을 두드리더군요. 하하.

잠이 든 삼 형제를 데리고 병원에 갈 수는 없으니
남편이 집에 있기로 하고 홀로 병원을 찾았는데,
도저히… 혼자서는 못 낳겠더라구요. ㅠㅠ

어쩔 수 없이 진통 중에 여~러 지인들에게 문자를 보내
삼 형제를 봐 달라고 부탁했답니다.

감사하게도 흔쾌히 삼 형제를 돌봐주신 친구, 이웃, 부모님들.
모두들 덕분에 무사히 출산할 수 있었어요.

한 아이를 키우는 데에 마을 전체가 필요하다는 말이
새삼 가슴에 와 닿았답니다.
아이를 낳는 데에도 마을 전체가 필요했으니까요. ㅎㅎ

지면을 통해 다시 한 번 진심으로 감사드려요! ^_____^

29화

# 이제 기억나!

오랜만에 신생아를 보려니 기억이 가물가물…

한 시간도 안 돼서 젖을 찾는 랄라를 보자, 갑자기…

**번쩍!** 하고 옛 기억들이 떠올랐다!

세 시간은 무슨 세 시간!
밤이고 낮이고 한 시간마다 젖을 찾던 신생아 시절이
선명히 떠올랐다!

이제 본격적인 **수유 전쟁!**
잠과의 사투가 시작된 것이었다…!!!

재우려고 하면…

젖 달라고 찡얼거리고…

다시 재워서 눕히면…

오 분도 안 돼서 또 찡얼거리는…

눕히기만 하면 오 분 내로 작동하는…!

누가 아기 등에 **센서** 좀 꺼 주세요~ 플리즈~!

드디어!!

기다리고 기다리던 조리원에 입성했다!

내가 이토록 조리원을 좋아하는 이유는 단 하나!

어마 무시한 맛난 음식들!

이 모든 것을 한곳에서 먹을 수 있으니까용~!

식사 시간이 되면 종소리가 울린다.

이미 30분 전부터 종소리만 기다리고 있음. 흐흐…

그런데 어떤 날은…

진수성찬을 보고 있자니 한없이 마음이 무거워진다
(남편과 아이들 생각에… ㅠ..ㅠ)

여보세요? 당신 밥은 먹었어?
애들 해 먹이기 힘들지?

(그래서 삼 주 내내 기분 좋게 잘~ 먹었다는… ^^;; ㅎㅎ)

이제 막내 보러 가 볼까?!

…!

많이 먹어~!
아~ 이런 건 내가 해 줘야
되는데…

…

어때? 맛있지? 어?
왜 말이 없어?

마치…
여고생 가득한 버스에 홀로 탑승한 남학생처럼
부끄러웠다는 남편… ^^

기분이 이상해~

오랜만에 맛있는 식사 함께할 수 있어서
난 정말 좋았다규~~ ^^

첫 아이를 낳고 집에 돌아와 몸조리하던 때가 기억이 납니다.
친정 엄마는 김치도 안 된다고 하시며
정말 한 달 내내 미역국만 끓여 주셨어요. ㅋㅋ

둘째를 낳았을 땐,
첫 아이도 있고 해서 도저히 집에서 몸조리를 할 수 없을 것 같아
조리원에 처음으로 입성하였답니다.
그때 먹었던 맛있는 식단은 지금도 잊을 수가 없어요. ㅎㅎ

저는 입덧을 심하게 했기 때문에
열 달 동안 음식을 맛있게 먹을 수가 없었기에
조리원 입성을 더더욱 기다리고 있었지요.

조리원 식사 시간 때마다 "맛있어요!" 감탄사를 쏟아내며,
레시피를 알아내기 위해 조리사 이모님을
귀찮게(?) 해드렸던 기억도 나네요.

이제 또 조리원에 갈 일은 없겠…지요…? ㅎㅎ

30화

# 무럭무럭 자란다

다음 날.

조리원에선 매일 아침 목욕을 시키고 체중을 잰 뒤에

아가를 엄마에게 넘겨주는데…

일주일 동안 하루에 100그램 가까이 늘어나는 무게를 보고
깜짝 놀랐다.

랄라에게서 스물스물…

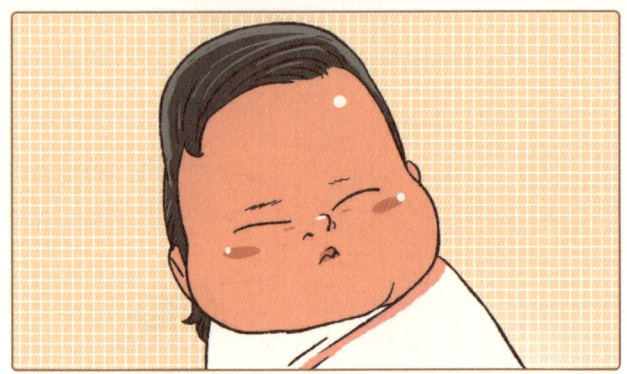

**큰오빠**의 향기가…! ㅠ.ㅠ

설마!

공주를
낳은 줄 알았더니
장군을 낳았구나!

그래도 딸인데… 설마~ 왕 아기까지는…?! ㅠ.ㅠ

응가를 치운 후에 먹는 따끈한 호박죽! 어째 선뜻 먹기가… ^^;;
(그래도 맛과 영양은 최고! ^^)

비슷한 시기에 함께 입실한 아기 엄마들과
식사 시간마다 담소를 나누며 곧 친해졌다.

하지만 2주가 되자 그녀들은 떠났다! ㅠ..ㅠ

아… 삼 주는 너무 길구나…!

(번역: 유진씨, 혜민씨! 잘 지내나요?
난 외로워서 경기나겠어요~ ㅠ..ㅠ )

힘 없이 복도를 거닐 때…

샴푸실에서 남편이 머리 감겨 주고 있는 장면을 보았다!

아아! 샴푸 향기는 남편과 아이들을 더욱 그리워지게 만들었고…

아~~! 삼 주는 너무 길었다! ㅠ..ㅠ

조리원에 삼 주나 있었던 이유는
원고를 쓰기 위해서였다!

집에 가면 도저히 일을 못할 것 같아서…

하지만…!

원고만 열심히 쓰는 것도 도저히 못 할 짓이었다. ㅋㅋ

그래도 나름 최선을 다해 수유하지 않는 시간엔
열심히 원고를 썼다!
(셋째 때도 '우연일까?' 단행본 작업을 조리원에서 했던 기억이…^^)

하지만 나중엔 모든 집중력이 떨어졌고…

아~
글만 계속 쓰려니까 너무 지겨워…
이젠 아무 생각도 안 난다…

결국 며칠 남은 조리원 생활! 나의 **마지막 선택은…?**

이게 몇 년 만이냐!
내 친구 TV!

그동안 보고 싶었던 드라마 몰아 보기! 예~~~!

아~ 또민준 씨~
이제야 당신을 보다니…
ㅠ..ㅠ

옛 절친이었던 TV와 함께 남은 시간을 알차게 보냈답니다~ ㅋㅋ

드디어! 집에 가는 날 아침!

아~ 뭐지? 이 기분은…?

글은 열심히 썼겠지?

헉!

여보… 미안해… 실은 원고 많이 못 썼어! 정말 미안해~

그럴 줄 알고 준비했다!

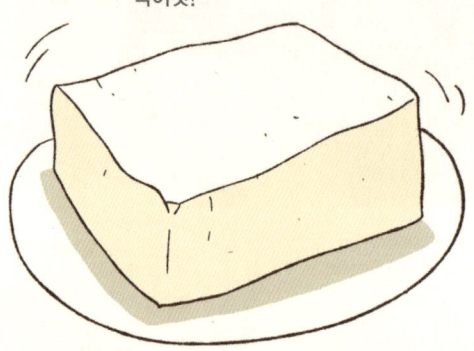

만만치 않은 조리원 비용.

그럼에도 불구하고 남들은 보통 이 주 머무는 조리원을
일 주를 더 연장해 삼 주나 있었던 건 이번이 처음이었어요.

저에게 있어 조리원은 쉬러 가는 곳이 아니라
아이들을 피해서 일하기 위해 가는 곳이었기에…

셋째를 낳았을 때도
신생아를 끼고 완모 수유를 하면서
짬이 나면 집중해서 원고를 쓰고 단행본 작업을 했어요.
정말 힘들었던 기억이 아직도 남아 있습니다.

그런데 넷째를 낳던 이번에는
연재 작품도 많은데다가 아이들도 많으니
집에 돌아가면 도저히 일을 할 수 없을 것 같았지요.
그래서 삼 주 간 조리원에 머물며 시간이 날 때마다 원고를 썼답니다.

밤마다 열 차례 이상 수유하고…
비몽사몽간에 짬이 나면 원고를 쓰고…

그런데 하루하루 시간이 지날수록 가족이 그리워 미치겠더라구요.
집중력도 훅훅 떨어지고!

아으~ 그 시간을 어떻게 보낸 건지…
생각만 해도 아득해요.
여러모로 참 힘든 신생아 시기를 보낸 랄라와 엄마였답니다!

그래도 덕분에 미리 원고도 쓸 수 있었고 좋은 만남도 있었기에
감사한 시간이었어요!

아, 마지막 두부 컷은 뻥(!)인 거 아시죠? ㅋㅋㅋ

뭐?
드라마만 봤다고?

에이~아니야!
나 공부한 거야!
나 작가잖아~
^^…

# 다시 일상으로

집에 돌아온 첫날…

서로 더 잘 보겠다고…

서로 뽀뽀해 주겠다고… 어찌나 경쟁을 하시던지~

감기라도 옮길까 봐 다시 아기를 안았는데…

이제 됐지?
다시 엄마한테…

?

휙

쪽 쪽 쪽
쪽 쪽

삼 형제 최고의 경쟁자! 아빠 승! ㅋㅋ

긴 조리원 생활을 마치고 집에 오니
여기저기 지인들에게서 안부 전화가 왔는데…

아침…

저녁…

그리고 한밤중…

뭐하냐는 질문에 똑같은 대답으로 하루를 마쳤던 날!
정말 하루 종일 수유한 기억밖에 없는 복귀 첫날이었다~

랄라가 태어나서 잠자리를 새로 짜게 됐다.

늘 엄마 곁에서 잤던 뚜는 엄마 없는 동안
침대 생활을 하게 된 자기 자신을 엄청나게 자랑스러워했다~ ^^

그리하여 아빠랑 혀니가 바닥에서 자기로 했고
엄마와 랄라는 그 옆에서 방한 텐트를 치고 자기로 했다.

엄마 없으면 절대 못 잔다고
했던 뚜~ 막내 동생까지 보더니
정말 많이 의젓해졌구나~
^^

불평 없이 엄마 옆자리를 동생에게 내어 준 혀니…
아마도 자다 깨서 본능적으로 엄마를 찾아 텐트로 들어왔나보다.

새벽에 다시 깨어 보니, 뚜마저 텐트 안에 들어와 있었다는~ ^^;;

하~ 그런 거냐? 션? ^^;;;

랄라가 집에 온 첫 날!
아기 쟁탈전을 벌인 네 남자가 여기 있었으니…

집에 오는 내내 차 안에서부터 아이들 떠드는 소리가
조잘조잘 재잘재잘!

오랜만에 셋이 동시에 떠드는 소리를 들으니
정신이 하나도 없더군요.
'아… 이제 정말 일상으로 돌아왔구나!' 싶은 생각도 들었구요.

오빠들은 아기가 너무 작아서 신기하고,
잠만 자는 게 또 너무 신기하고… ㅎㅎㅎ

아직 고구마 같은 우리 딸!
크면서 점점 예뻐져서 오빠들을 놀래 주기를 바란다! ^^

# 기분 좋은 상상

여덟 남매 첫 만남!

꼬꼬마 랄라가 신기한 일곱 명의 오빠들…

그 중 둘째가…

욕심을 내어 본다.

주호야~ 포기해~~!! 더는 못 낳는다~~!

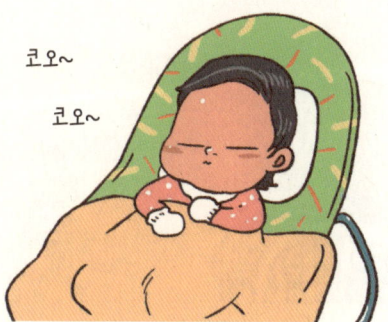

랄라가 집에 온 지 몇 주가 지났다.

오빠들도

랄라와의 생활에

점점 익숙해져가고 있다.

이제 막 세 돌이 된 막내 오빠는… 요주의 인물! ㅋㅋ

때때로 몸과 마음이 따로 놀아 동생을 울리게 되는 오빠들… ㅋㅋ
(너희들도 아직 어리니, 뭐~ 엄마, 아빠가 신경 쓰마~)

랄라는 과연 어떤 딸로 자랄까…?

예시1) 오빠들 틈에서 대접 받으며 진정한 공주로 자란다.

예시2) 오빠들처럼, 또는 오빠들보다 더한 선머슴으로 자란다.

예시3) 오빠들까지 잘 챙기는 집안의 살림꾼으로 자란다.

뭐가 되던지…

기분 좋은 상상!

유행 지난 개그…

평소보다 과격한 동작…

쩌렁쩌렁한 목소리…

나름 깊은 뜻이 있는 오빠들! ^^;;

랄라가 태어난 지 어느덧 50일.
"시간 참 빠르다…" 했더니만
체중 늘어나는 것도 어찌나 빠르신지…

보통은 백 일이 되어야 체중의 두 배가 된다고 하던데
우리 랄라는 오십 일에 그 기록을 깼답니다!

유전의 힘!
딸이라고 예외는 아니었던 거지요. ㅎㅎㅎ

이 무렵의 오빠들은
조금씩 아기와 함께 하는 삶에 적응을 하며
행동을 좀 더 조심하고
너무 큰 소리로 장난치지 않아야 됨을
몸소 체험하며 깨닫는 중이었답니다.

막내였던 셋째가
갑자기 오빠 노릇 하는 게 안쓰럽지 않느냐는 주변의 질문에는
내심 짠…한 마음이 들기도 했지만

"첫째는 두 살 때 이미 형이었고,
둘째는 세 살 때 형이 되었고,
셋째는 제일 오랫동안 막내를 누렸는데요, 뭐.
괜찮아요!"라고 대답했답니다.  ^^

조금씩 오빠로 성장해 가는
셋째의 멋진 모습을 기대하는 엄마랍니다. ^^

# 아들 아닌데…

폭 씌우고 집 앞에 나가면, 금세 잠이 드는 랄라~

집 앞에서 서성이다 마을 사람들과 자주 마주치는데…

글쎄~<br/>나도 딸은 처음이라…

아들 낳는 법은<br/>확실히 알 것 같아!<br/>알려줄까?

절레<br/>절레

사양할게요~

저 집 막내,<br/>딸이래?<br/>아들이래?

글쎄~?<br/>물어보지<br/>뭐~

아직 어리고 머리카락이 짧아서 그런지
랄라를 아들로 보시는 분들이 많았다.

그래서…

물려받은 것 중에 가장 쓸모없을 줄 알았던 머리 리본을 꺼냈다!

그랬더니…

착용 하자마자 딱! 하고 **공주님**으로 변신하는 게 아닌가!

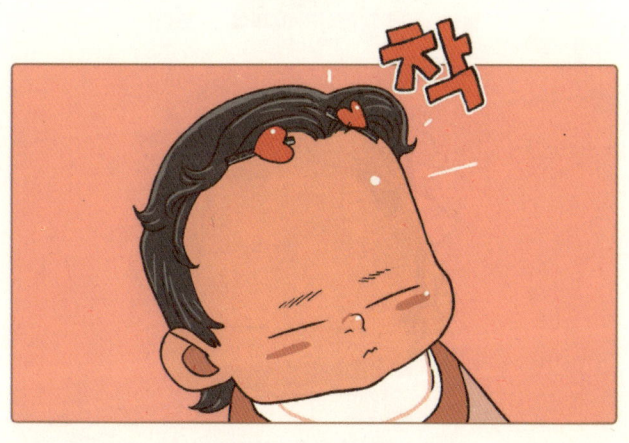

랄라 엄마! 액세서리 효과에 눈 뜨다!

꾸미는 재미도 쏠쏠하더이다~ ^^

아주머니 눈에 비친 랄라는…

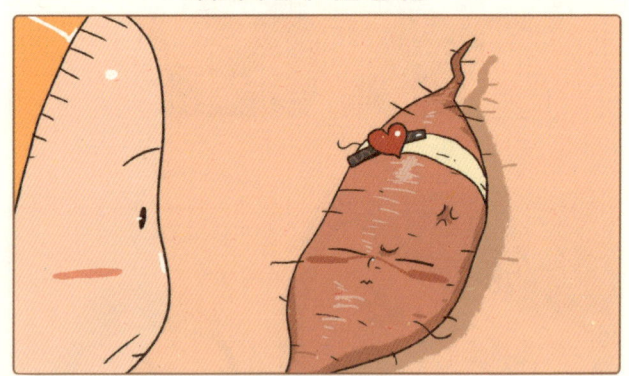

핀만 꽂았을 뿐… ㅠ..ㅠ

아마 액세서리 효과는…

부모 눈에만 확연히 보이는 건가 보다~!ㅋㅋ

걱정 마라~
조만간 〈매 맞는 오빠들〉 이야기로 분량 넣어줄 테니… ㅋㅋ

신생아 때 아기 얼굴이 붉으면
나중에 커서는 피부가 하얗게 된다는 말이 있어요.

저희 집 아이들을 보자면…
넷 중에 큰 애가 제일 검고 그 다음이 셋째,
둘째는 하얀 편이고,
막내 랄라는 지금 넷 중 가장 흰 피부를 가지고 있지요.

그런데, 넷 다 신생이 시절에는 모두 아주 불타는 고구마였다는 사실!
ㅋㅋ

태어난 지 얼마 안 된 아기 랄라에게
엄마는 머리에 이것저것 핀도 꽂아 보고 예쁜 옷도 입혀 보면서
딸 엄마를 만끽하는 하루하루를 보냈답니다.

아들 셋 키울 때는 몰랐는데,
딸 하나 예쁘게 키우려면
엄마들은 정말 센스쟁이가 되어야 할 것 같더군요.
액세서리 종류만 해도 한 두 개가 아니니…!

삼 형제는 하루하루 크는 게 아까웠었는데
랄라는 빨리 커 주었으면 좋겠어요.

아빠랑 오빠들이 운동 갔을 때
엄마는 딸 손잡고 아이쇼핑이라도 가는 날이 어서 오기를
매일 매일 기도하고 있답니다.

편한 친구처럼… 오랜 단짝처럼…
그렇게 딸과 데이트 해 보고 싶어서요~
이런 마음이 제 욕심은 아니겠지요? ^^

# 엄마도 참는다

자녀에게 매를 드는 것을 좋아하는 부모는 없을 것이다.

되도록이면 **말로** 타일러 훈육하고 싶다.

하지만 말로 타일러서 상황이 종료된다는 것이…

## 꿈 같은 소리

일 때가 있다!

그리하여 매를 들게 되는 것인데…

우리집 에서 아이들이 매를 벌게 되는 경우는…

폭력을 썼거나

그로 인해 안전에 위협이 된 경우!

그리고
거짓말을 했을 때이다.

육아 지침에 보면,
아이에게 매를 들 때는 몇 가지 원칙을 지켜야 한다고 한다.

**첫째, 매를 들기 전에 맞는 이유를 설명해 준다!**

엉덩이 사수 중인 삼 형제!

### 둘째, 잘못된 행동에 대해서만 나무라기!

### 셋째, 정해 놓은 매로만 때린다!

## 넷째, 엄마의 개인 감정을 담지 말라!

아무리 화가 나도, 부모는 자녀 앞에서 1부터 10까지
숫자를 셀 수 있어야 한다고 했다.

셋… 후우~
넷, 다섯… 아홉, 열…!

후우…

너희들 계속
그럴 거야?

아뇨~

안 그럴게~
옴마…

열을 세는 방법은 감정을 누그러뜨리는 데 효과가 있는 것 같다!

하지만 이 방법이 효과가 없을 때도 있다.

하나… 후우~
둘… 후우~

때론 화난 엄마를 두 배로 화나게 하는 아이들…

이럴 땐 다른 사람이 훈육하는 것이 좋은 것 같다.

마지막으로, 혼낸 뒤에는 반성의 시간 후 꼭 안아 줘라!

**훈육의 길은 정말 어려운 것 같다~ ^^;;**
(나도 잘 못하는데 내가 누구를 혼내리~! 어려워, 어려워~)

가정마다 매에 대한 생각이나 신념은 다르겠지요.

매를 안 드는 것을 원칙으로 하는 부모도 계실 테지만
저희 집은 '어릴수록 매가 약이다!'라는 생각을 하고 있는지라…
아이들이 잘 볼 수 있는 거실 한복판에
일명 '사랑의 매'가 자리하고 있답니다. ㅎㅎㅎ

아이들을 훈육할 때는
먼저 말로 타이르고,
왜 그런 행동을 했는지에 대한 생각을 들어본 후
남이 보지 않는 곳에서 혼을 내야 한다고 해요.

제가 매를 들 때 가장 중요하게 생각하는 것은,
혼내는 순간이 부모의 화풀이 시간이 되면 안 된다는 것인데요,
사실 이게 제일 어렵습니다. ㅠㅠ

그래도,
혼내고 나면 더 속상한 것은 부모 마음이라는 것…
우리 아이들이 알아줄 날이 언젠가는 오겠죠?

우리가 그렇게 컸듯이 말예요.

35화

# 망태 할아버지가 있게, 없게?

부모는 아이들에게 멋진 어른인 척 하지만…

때론 빈틈을 보이게 된다.

괜찮아요~

아니, 아주 자주 빈번히…!

엄마!
책 읽어 줘~!

어~ 내일
읽어 줄게!

목욕하고 오면
읽어 준다며~~

지금 엄마가
너무 졸려서 그래~
내일 읽어 줄게~

겁을 줘서 좀 미안하지만
역시 효과는 최고야~ 후후훗~

헉! 온다!온다!
빨리 불 꺼!

핏~

망태 할아버지?
얘들아~! 다 가짜야~

속이거나 골려주려다가 실패해서 민망해지기도 한다.

아이들 마음을 몰라주거나…

아이들의 의견을 인정해 주지 않아서…

진심으로 미안해질 때가… 자주 있다.

언행일치가 되지 않아
아이들 앞에서 부끄러워지는 순간은 또 얼마나 많은지…!

그래도 아이들은

엄마, 아빠의 부끄러움을 쉽게 잊어주고
잘못을 쉽게 용서해 주는 것 같다.

참 고맙게도… ^^

아… 언행일치! 진정 어렵다는~!

아이들을 키우면서 제일 신경 쓰이는 부분 중 하나는
부모인 내가 좋은 어른의 모델이 되어야 한다는 것이 아닐까 싶어요.

그런 생각 때문인지
아이들 앞에서는 언행일치가 더 어렵게 느껴지기만 하네요. ㅠㅠ

아이들이 조금 자라면
엄마, 아빠의 모습을 보며
"에이~ 엄마가 잘못했잖아!"
"아빠도 실수했잖아!"라는 발언을 하기 시작하죠. ㅎㅎㅎ

부끄럽고 창피한 순간들이 있지만
그럴 때 가장 중요한 것은,
아이들이라고 해서 감추고 덮어둘 것이 아니라
솔직한 사람의 모습과
인간 본연의 모습을 보여주는 것!
그것도 좋은 교육이 될 거라는 생각이 들었습니다.

잘못을 인정하는 부모,
부끄럽지만 용기를 내는 부모,
진심으로 사과하는 부모의 모습 말이에요.

실수하고 잘못을 저지르더라도
아이들은 엄마, 아빠의 인간적인 모습을 보며
많은 것을 배우고 생각하고 깨닫게 될 거라는 믿음으로 말이지요.

하지만 이런 모습만 너무 자주 보이면 안 되겠지요? ㅎㅎㅎ

# 아들이어서 좋았다

스포츠, 특히 **농구**를 좋아하는 아빠!

큰아들이 태어나자…

아들!
빨리 커서
아빠랑 1:1
농구하자!

둘째 아들이 태어나고…

좋았어!
이제 2:2도
가능해!

나 까지?

셋째 아들도 태어나자 신이 난 아빠!

2:2 해요~
난 빠져도 되지?

그리하여 아들들과 2:2 농구 할 날을 꿈꾸며
셋째 아들이 젖 떼기만을 기다려 왔는데…!

이제 그만!

드디어 아이들과 **농구하는 날**이 찾아왔다!

가르쳐 주면 배운 대로 곧잘 하는 큰아들!

하지만 나머지 두 아들의 관심 부족으로 인해…

농구교실 운영은 쉽지가 않았다.

아이들이 좋아하는 태권도로 운동을 다시 시작하기로 한 아빠!

그리하여 아빠표 **태권도 교실** 오픈!

이번엔
발로 차는 거야!

주변에 태권도 하는 친구들이 있어서 그런지
태권도 교실에 관심을 보인 아이들!

나도 태권도
배운다~!

진짜?
무슨 띠야?

션은 빨강 좋아하니까…
빨간 띠로 사고~
뚜는 파랑 좋아하니까…

하지만 얼마 뒤 물품 파손이 생겼고…

뚜와 혀니는 태권도 정신에 위배(?)되는 행동을 하기 시작…

태권도 교실이 흐지부지될 무렵…

아빠에게 전해진 새로운 정보!

그리하여…

아빠표 **축구교실** 전격 오픈!

스포츠를 좋아하는 아빠!
스포츠 중에서도 농구를 좋아하는 남편은
아들들이 태어나자 농구 할 생각에 들떴었답니다.

삼 형제가 영아 시기를 벗어나면서
아빠는 아들들과 함께 운동할 생각뿐입니다.
농구, 축구, 태권도, 등산, 킥보드 타기 등…
실제로 행동으로 옮기고 있구요~

아이들과 놀아주기 힘들다고 하는 아빠들도 많지요?
남편이 그러더라구요.

"놀아주려고 하니까 힘이 드는 거지…
그냥 같이 놀면 되는데…"라구요. ^^

같이 뛰고, 뒹굴고, 운동하며 아이들과 놀다 보면
아이들을 생각하는 아빠의 마음이 아이들에게 전해지는 것 같아요.
세상에서 아빠가 제일 좋다고 하는 아들들을 보면 말이에요. ^^

## 토요일 오전에 뭐 할래?

올해 우리 마을에는
초등생 아이를 키우는 가정 몇 집이 이사를 왔다.

하지만 아빠표 축구교실 첫 주 멤버에…

초등학생은 없었다… ㅠ.ㅠ

아빠는 마치 포레스트 검프를 보는 듯했다고… ㅠ..ㅠ

그리하여 2주 차! 옆집 초등생 남매 적극 합류!

10세          9세          7세     6세     (기타 등등)

어린 동생들과는 확연히 다른 초등생들!

옆집 남매가 합류하면서 활기를 띠기 시작한 아빠 축구 교실!
하지만…

뭔가…

많이 아쉬운…

아빠…!

비가 왔다!

공지합니다~!
전날 내린 비로 인해 땅이 질퍽해진 관계로
3주 차 아빠 축구 교실은 한 주 쉽니다…!

그리고 드디어
(아빠 혼자) 애타게 기다린 축구교실 4주 차가 시작되었는데…

그리하여 다행히(?)
아빠표 축구교실은 매주 토요일 오전에 계속하는 걸로… ^^

피구도
재밌겠는데?

우여곡절 끝에
토요일마다 아빠 축구 교실을 오픈했지만
한 주, 한 주 지나면서 어쩐지 시들해지다가…

날씨도 안 도와주고…
아이들도 점차 잊고…
아빠도 잊고… ㅋㅋㅋ

그렇게 흐지부지 되는가 싶었는데
아빠는 새 봄과 함께 새로운 프로그램을 오픈했답니다.

이름하여 〈아빠와 함께 하는 월요일!〉

인원은 션과 션의 친구 명찬, 그리고 뚜! 이렇게 셋입니다.

격주 월요일마다
아빠와 함께 등산도 하고, 피자도 만들고, 그림도 그리며
남자들만의 즐거운 시간을 나누고 있답니다~! ^^

격주로 하다보니 부담도 적어서
아주 잘~ 운영되고 있으니 다행이죠?

엄마랑 동생들은 열심히 응원할게요~
"월요일을 부탁해~" ^^

# 만화랑 너무 똑같아서

슬슬~ 신생아 티를 벗고 있는 랄라! 어느덧 70일이네요!
정말 뽀~얘졌답니다! ^^

사진이 그런 건… 그런 차이 때문인 걸로~! ^^;

막내를 웃게 하기 위해 노력하는 우리 집 남자들…

랄라 옹알이에 맞춰
새로운 언어로 소통하기 시작했다는… ^^;

마인드 씨!
**지혜롭다!**

단순히 애들이 넷이라 쳐다본 것 뿐인데…
엄마는 이미 연예인병 중기~ ㅋㅋ

자기야~!
그럼 앞으로
이렇게 그려볼까?

아니, 이건…
뭔가, 짝퉁스럽…

그냥 원래 대로 그리는 걸로…! ^^;;

어느 순간 뽀얗게 얼굴이 핀 우리 랄라 양~
너무 예뻐서 하루에도 머리띠를 몇 번씩 바꿔 주고
카메라를 들었다 놨다, 포즈도 요리조리 다양하게 해 보고
엄마는 정말 딸 키우기 놀이에 흠뻑 빠져 지냈답니다~ ^^

다들 그런 에너지가 어디서 나오냐고 할 정도로요! ㅋㅋㅋ

그런데, 아이가 넷이 되고 나니
외출을 할 때면 부쩍 주변 시선이 의식 됩니다.
삼 형제 데리고 다닐 때도 그랬지만
"넷 다 그 집 애들이에요? 아니죠?"라는 질문도 많아졌구요. ^^;

주위 시선을 더 느끼게 되어서 그런 건지
혹시나 아이들이 잘못된 행동을 할까봐 더 신경을 쓰게 됩니다.

덤으로, 세수 안 하고 나오던 버릇도 고쳐야 할 것 같고요!
(쉿, 이건 비밀! ㅋㅋ)

# 사실 우리는 일곱 식구!

우리 집 멍멍이 **콜~!**

그리고, 콜을 유독 좋아하는 뚜~!

1ROUND

콜, 와쪄?

내가 널… 그토록 사랑해 줬는데…
그 동안의 추억은 다 뭐란 말인가…! ㅠ..ㅠ

결국 눈물을 터뜨린 뚜… ^^;;;

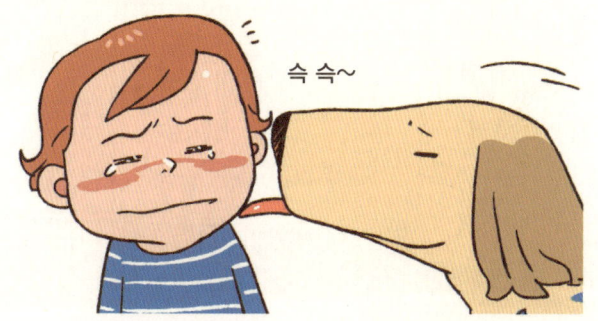

그렇게 우리 가족의 서열은 콜로 인해 정리되었다…!

2013년 1월, 친구 투엘슨이 키우는
골든 리트리버 부부가 새끼 아홉 마리를 낳았다.

태어난지 3개월이 지나서 우리 집으로 오게 된 콜~!

잘 키워 주세요~
^^

3개월, 아가 때 모습~ ^^

그렇게 작년 봄부터 우리 가족이 된 콜!

콜은 대형견답게 덩치가 금세 커져 버려서…

아기 짓을 받아 주기 벅찰 때가 많았다!

훈련이 되기 전에는
산책 때마다 끌려가기 바빴다는… ^^;

콜의 덩치를 보시고, 집 지키는 개로 생각한 친정 엄마.

콜 역시 집 앞을 떡~하니 지키며, 누가 오기만 하면…

제일 먼저
꼬리를 흔들며 반기고 있다는… ^^;

살랑
살랑

절대 짖지 않음…ㅋㅋ

도둑이 들어도
꼬리 칠 녀석이야…

살랑
살랑

야심한 밤…

어둠 가운데서…

아빠를 놀래킨 콜!

밤에도 우리랑 같이 있고 싶었나…?

다음 날

그렇게 서로의 집을 방문했던 것이었던 것이었다… ㅋㅋ

그들만의 분량 전쟁이 시작됐도다～ ㅋㅋㅋ

저희와 같이 살고 있는 녀석이 있어요.
이름은 콜!

웹툰 〈헤어진 다음 날〉에도 등장했던 녀석이죠! ㅎㅎ

지인의 강아지가 출산을 하게 됐을 무렵,
우리 가족이 주택으로 이사하게 되면서
새끼 한 마리가 우리 집으로 오게 되었어요.

개를 좋아하는 남편은 신이 나서
콜이 쓸 집을 손수 만들기도 했어요.
하지만 쑥쑥 자라나는 콜의 덩치에 비해 집이 작은 듯하여
몇 달 만에 마당 전체를 내어주기로 결정했답니다.

그리하여 우리 집 마당은
콜의 집이요, 놀이터가 되었지요.

그런데 이 녀석,
덩치만 크지 정말 순하고 착해요.
골든 리트리버한테 천사 DNA가 있다는 말이 진짜인가 봐요.

허니도 세 살 때부터 "콩~ 콩~" 하면서
자기보다 덩치 큰 콜을 예뻐했었는데
랄라도 콜만 보면 뭐가 좋은지 방긋방긋 웃어요.
아마 우리와 같은 식구인 것을 아는가 봅니다. ^^

콜이 수컷인 관계로,
랄라가 아니었다면 우리 집에서 여자는 유일하게 저 혼자일 뻔했어요~

다행다행~ 고마워, 랄라야! ^^

# '우부위'가 뭐게?

첫째 아이 땐 뭘 하든지 신나게 할 수가 있었다.

책을 한 권 읽어도 신나고 재밌게…!

하지만 둘째에 이어 셋째까지 태어난 후로는

책 몇 권 읽어 주는 것조차 왜 그리 힘든지…

영혼 없는
목소리

구연동화 전문가 뺨칠 만큼, 또랑또랑~
밝고 명랑했던 목소리는 어느새 저음이 되어 있구나~!

한글 떼기도 마찬가지다.

첫째 땐
한글에 관심을 보이는 게 신기하고 기특해서
틈만 나면 글자 놀이를 재밌게 해 주었다~!

그래서인지 쉽게 한글을 뗀 첫째.

하지만 둘째는…

6살이 된 후로 부쩍 한글에 관심을 보이는 뚜

평소에는 형을 엄청나게 의지하면서
이럴 땐 또 자존심 챙기는 뚜… ㅠ..ㅠ

첫째 때처럼 둘째와도 재밌게 한글 놀이를 해 주고 싶지만…

둘째의 한글 공부는 동생 때문에 순탄치가 않다.

한글 놀잇감을 꺼내기만 하면
다 차지해 버리는 동생… ㅠ..ㅠ

그리하여 방해꾼이 사라졌을 때만
둘째는 한글 공부를 할 수가 있었다~ ^^

아, 야, 어, 여…

아, 야, 어, 여…

더디긴 해도 관심이 있어서 생각보다 적극적으로 배움에 임한 뚜!

덕분에 요즘, 받침 없는 글자를 많이 익히게 되었다.

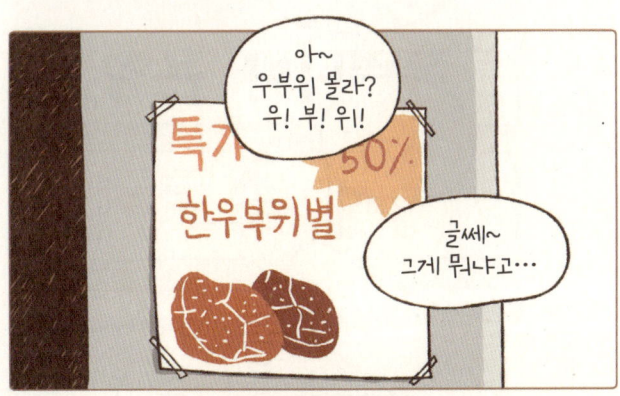

모르는 글자는 쏙 빼고 읽는 뚜…
그러면서 매일 무슨 뜻이냐고 묻는다… ㅋㅋ

아직은 많이 헷갈려하고 있다… ㅋ

짬짬이 갖고 놀던 낱말 카드도 거의 다 아는 뚜!

서당 개 삼 년에 풍월 한다더니…
어느새 뚜의 낱말카드를 외우고 있던 혀니!
(셋째 한글 떼기는 좀 수월하려나? ^^;)

암튼! 글자 배우는 재미에 푹 빠진 우리 뚜!
파이팅~~~~!!

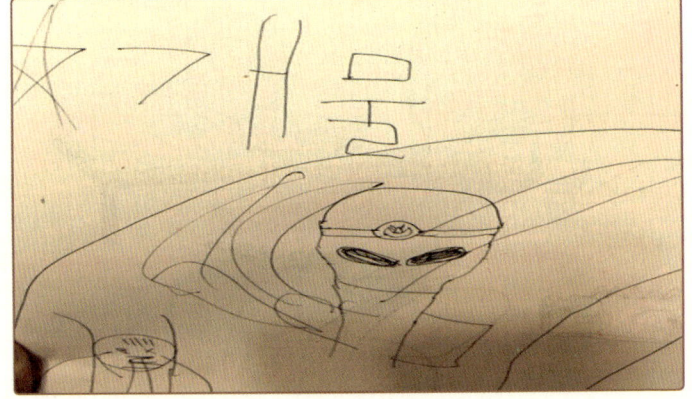

이건
개가 먹는 물이지~
응? 뭐??

형아가 글자를 알고 있다는 사실 때문인지
둘째는 늘 한글에 관심이 많았는데
동생까지 돌봐야 하는 엄마는 신경을 많이 써주지 못했어요.
제대로 가르쳐주지 못하는 미안한 마음이 늘 가득했답니다.

그래도 육아 선배들의 조언에 따라
책 읽어주기를 열심히 했더니
어느새 둘째도 조금씩 한글을 익히고 있더라구요.

누군가는, 너무 일찍 한글을 떼는 것은
오히려 아이의 창의력에 방해가 된다고도 하던데…

그러니 조급한 마음은 버리고
뭐든 아이가 관심을 보일 때,
그때 시작하면 제일 좋을 것 같아요.

아이의 관심보다 앞서서 가르치려 하지 말라는
전문가들의 말씀을 다시 마음에 새기며… ^^

"절대, 엄마가 귀찮아서 그러는 거 아니란다!" ㅎㅎㅎ

41화

# 모든 게 다 예뻐!

둘째 때부터 제 날짜에 접종을 한 적이 없었기에…

다음 주
접종하기!
OK!

넷째 만큼은 접종을 잘 챙겨 해야지 다짐했다.

하지만 눈 한 번 감았다 뜨고 보니…

눈 깜짝 할 사이에 며칠이 지나가 버렸다.

무게가 늘면서 살이 많이 접히는 랄라~

특히 목살과 눈살이 많이 접히는데…

공기가 통하지 않다 보니 목과 눈에서 진물이 나기 시작했다.

연고를 처방 받기 위해 다시 찾은 소아과

80일이 되자 랄라는 8킬로가 되었다…

갑자기 팔 어깨 허리가 시큰~

백 일 전, 살이 통통 오르는 아가들은 정말 귀엽다!

몸을 비틀며 힘껏 뀌는 방귀도 귀엽고…

끝까지 다 올려도
머리에 닿지 않는 짧은 팔도 귀엽고…

울기 전에 입술을 삐죽거리는 모습도 진짜 귀엽다!

물론, 눈을 맞추며 웃어 줄 때가 최고~!

녹는다~ 녹아~

SNS와 휴대폰 화면에도 온통 랄라 사진…

3개월 전만 해도 온통 셋째 사진으로 휴대폰을 도배했었는데…

딸램으로 오해 받을 만큼 예뻐서 매일 사진 찍어 줬던 뚜.

첫아기라 신기하고 예뻐서 하루에도 수십 장씩 사진 찍어 줬던 션.

휴대폰에서 마저(?) 분량이 줄어든 게 어쩐지 미안해진 엄마…

얘들아~

?

사진 찍어 줄게! 포즈~!

찰칵 찰칵

으앙!
헐크다!

얍!

콧구멍 벌렁~

…

이러니~ 한동안 엄마 휴대폰 배경화면에
채택되긴 어렵겠다는…

누가 만화가네 집 딸내미 아니랄까 봐
요즘 들어 부쩍 그림을 그리는 랄라~

왜 하필 자기 얼굴에 그리냐고요~~ ㅠ..ㅠ

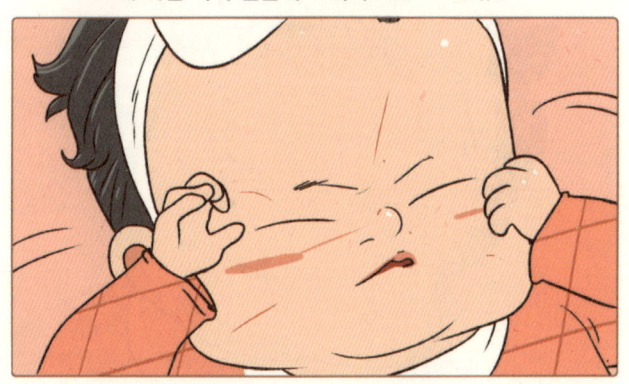

그래도 놀라운 아기 피부의 재생 능력 덕분에…

다행히 며칠 지나면 손톱 자국은 깨끗이 사라져요! ^^

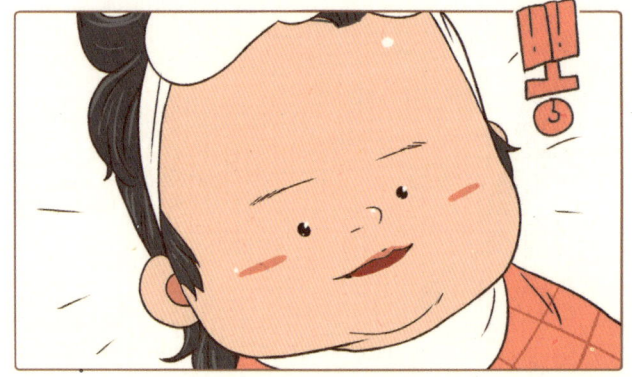

나중에 종이에 그림 많이 그리자~ 딸! ^^

랄라가 하는 모든 짓이 사랑스러운 아빠~

요맘때 손을 빠는 행동은 아기에게 안정감을 주지요.

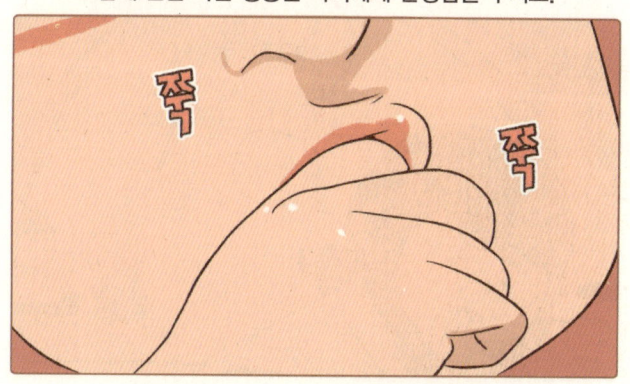

그러나… 오빠는 따라하지 말길~! ^^;

"옴마! 랄라 왜 이렇게 예뻐?"라고 물어보며
머리에 핀도 꽂아 주는 다정한 막내 오빠.

하루에도 몇 번씩 입을 쭈욱 내밀어
랄라에게 뽀뽀를 해 주고 있는 다정한 큰 오빠.

장난감 줄 때도 그냥 주는 법이 없이
물로 헹궈서 챙겨 주는… 역시 다정한 둘째 오빠.

다정한 세 오빠의 사랑 덕분에
랄라는 정말 무럭무럭 크더군요… ^^

목에서 진물이 날 때는 정말 난감했지만
그런 시기도 어느덧 지났구요… ^^

아이들은 어느 순간 싹을 틔우는 새싹처럼,
보이지는 않지만 하루가 다르게 쑥쑥 커 가네요…

하루하루를 잡고 싶을 만큼 아쉬워서
살짝 눈물이 날 때도 있는 걸 보면
누가 아들 셋 키우는 엄마라고 하겠어요? ㅎㅎㅎ

42화

# 남편 님과
# 친구가 되었습니다

우리 부부는 육아 때문에 공동 작업을 하고 있는데…

그래서인지 자주 받는 질문이 있다.

## "한 작품을 같이 하다 보면
## 싸울 일이 많이 생기지 않나요?"

"아유~ 싸울 겨를이 어딨어요?
마감 하기도 바쁘고 애들 보기도 바쁜데…"

하지만…

왜 없겠어요? ^^;

싸움
시~~~~~작!

싸움 후 변화!

1단계! 말을 섞지 않고, 문자로만 대화한다!

2단계! 모습이 안 보이는 곳으로 숨듯이 사라진다!

3단계! 웬만하면 못 들어오게 잠금장치를 건다!

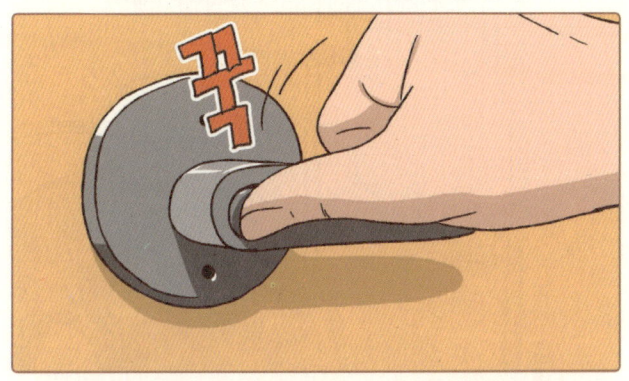

4단계! 온라인 상에서, 남편과의 친구 관계를 모두 끊어버린다!

부인의 SNS 구경하는 게 취미인 남편!

모습이 보이지 않으므로
대답하지 않는다.

최후의 보루! 방한텐트 안으로 숨는다!

진짜네…?!

부모의 싸움은
자녀에게 엄청난 공포와 두려움을 느끼게 하므로
아이들 앞에서의 부부싸움은 절대 금물이다!

랄라야~ 빨리 커서 아빠 편 좀 들어다오~ ㅠ..ㅠ

하지만 하루종일 함께 있다 보면

다시 자연스레 대화가 이어진다.

웃게 된다~ ^^

웃다보면, 어느새 싸웠던 일은 하얗게 잊어버린다는… ^^

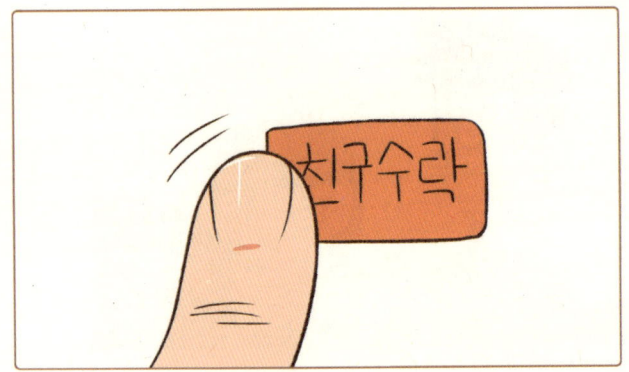

옛다! 친구 수락!

그리하여 남편과 다시 친구가 된다~! ^^

하루종일 같이 있다 보면
부부싸움 많이 하게 되지 않느냐는 질문을 받을 때마다
아무리 생각해도 우리는 싸운 적이 없는 것 같아요.

그런데 잘 생각해 보면
일 년에 한두 번은 있는 것 같고…
조금 더 잘 생각해 보면 한 달에 한 번은 있었던 것도 같고…
어쩌면 더 자주일 수도…? ㅎㅎㅎ

저희 부부도 치고 박는 싸움은 아니어도 ㅋㅋㅋ
사소한 다툼을 하게 되지만
한 가지 원칙은 꼭 지키고 있어요.

"아이들 앞에서 만큼은 절대로 다투지 않는다! 절대로!"

그렇게 아이들 시선을 의식하면서
안 싸운 척~ 하다 보면,
정말 안 싸운 것 같은 기분에 스르르 웃음이 나며
풀릴 때도 있더라구요. 하하~

어린 아이들을 키우며 전투적으로 살고 있는 이 때에,
가장 의지가 되고 힘이 되는 부부 사이!

사소한 일로 싸우는 일 없도록
서로 격려하고 애정표현도 많~이 하면서
실수는 살짝 눈 감아주기도 하는 너그러움,
잊지 말아야겠어요! ^^

# 엄마 노래가 어때서?

아직 밤 수유를 하고 새벽에 기저귀를 갈아야 하는 랄라.

때문에 불빛과 바스락거리는 소리가 나고…

오빠들은 밤잠을 설치게 되었다.

그래서 아빠와 삼 형제는 따로 자기로 했다!

하지만… 그렇게…

아빠의 고난은 시작되었다!

눈을 정통으로 맞아 본 사람은 안다.
정말 별이 보인다는 사실을…!

4년 전, 밤에 자다가 션의 뒤꿈치에 강타 당했던 적도 있다.

갈비뼈에 금이 가서 두 달 넘게 고생했던 기억이…
ㅠ..ㅠ

어쨌든, 지금은 동생들에 비하면 비교적 잘 자는 션~!

요즘 자면서 발차기 실력을 선보이는 것은 바로 둘째, 셋째이다!

특히 셋째 혀니의 발차기가
좀 더 무차별적이고 요란한데…

발차기 앞에 형제 우애도 다 소용없다~!

그리하여 한밤중, 자다 깨서
두 아들을 사수해야 하는 아빠!

아빠 역시 매일 밤 맞고 있다고… ㅠ..ㅠ

겁이 많아서 꼭 엄마, 아빠 옆자리를 차지하는 뚜!

뚜도 잠버릇이 몇 가지 있는데…

자면서 엄마, 아빠 배를 만지작~ 만지작~

잠꼬대도 엄청나게 또박또박…

그 중 가장 특이한 뚜만의 잠버릇은…!

자다 깼을 때, 엄마, 아빠가 곁에 있어도…

형바라기 뚜! 형아 찾아 삼만리~!

허니는 자기 전에
좋아하는 물건을 손에 쥐고 자는 걸 좋아한다.

좋아하는 물건은 그날 그날 다른데…

그림이나 옷 같은 걸 가지고 자는 건 괜찮다!

제발 장난감만 아니었으면… ㅠ..ㅠ

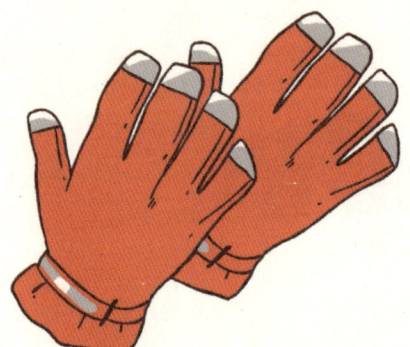

요즘 빨간색에 꽂혀 있는 허니!

한밤중 우는 소리에 잠이 깬 아빠.

잠을 깨운 것에 조금 짜증이 났지만…

짜증을 내기엔 아이가 너무 서럽게 흐느껴 울었다고…

어찌하여 왜 하필!! 장갑은 두 개가 짝이어야 하냔 말이다!!

이 모든 잠버릇이 하룻밤 사이에 동시다발적으로 일어나니…

아빠의 고난은 해가 뜨기 전까지 계속된다는 사실~! ^^; ㅋㅋ

막내 랄라를 재우는 것도 쉬운 일은 아니다.

그때 후배의 SNS에서 발견한 동영상!

뭐? 노래를 불러줬더니 1분도 안 돼서 잠이 들었다고?

그래! 이 전형적인 '잠 재우기 방법'을
내가 왜 잊고 있었지?

잘 자라~ 우리 아가~!

앞뜰과 뒷동산에~   새들도 아가 양도~

다들 자는데~~

하지만…

♪♫

또릿!

노래가 끝나기가 무섭게…

으아아앙~~

다시 안아 재워달라는 사인을 보내는 랄라~ ㅠ..ㅠ

거, 잘 좀 부르지!
목소리가 영~~

뭣이!

아이가 혼자서도 잠을 잘 잔다면?
정말 다 컸구나~ 싶어요.

우리 집에서는 넷 중 딱 한 녀석만…
…다 컸습니다! ㅎㅎ

큰 아이를 뺀 나머지 세 녀석은,
꼭 엄마 곁에서 잠을 자야하니 말이죠… ㅠㅠ

밤 수유 때문에 랄라 하나만으로도 벅찬데
잠버릇 고약한 두 녀석을 더 끼고 자야하는 건
체력장 때 운동장 열 바퀴 뛰고
또 열 바퀴 더 뛰어야 하는 것보다 더 무시무시한 일!

아빠가 나서서 아이들의 밤을 책임지려고 했지만…
낮에는 일을 해야 하는 아빠가
밤잠마저 편히 못 자게 되는 게 또 마음이 걸리고…

아이들도 하루 이틀뿐이지
며칠 후에는 다시 엄마 옆에서 자겠다고 하고요. ㅠㅠ

이런 과정들을 겪으며
제가 깨달은 건 바로 이거랍니다.
결국 아이들이 커야 되는 것 외에는
답이 없다는 것! ^^;

밤에 혼자서 편히 잘 수 있는 게 또
얼마나 큰 복인지 지나고 나니 알게 되네요…

# 인기가 많아도 힘들어

다정다감한 성격 때문인지
션은 여섯 살 때, 반에서 인기가 아주 많았었다.

소풍을 갔을 때도…

여자친구들에게 둘러싸인 션에게
지나가던 분이 인기의 비결을 묻기도 하셨다고… ^^;

담임선생님도 뵐 때마다 '션의 인기'에 대해 말씀하시곤 했다.

션도 본인의 인기를 실감하고 있는 것 같았다.

그러다 1년이 지나 7세 반에 올라가게 됐는데…

여자친구들 사이에서 작년과 같은 큰 인기를 못 끌고

그냥 평범~~~~하게 1년을 보내고 있는 션…

지금은 남자친구들 사이에서 인기가 좋다고,
변명하듯(?) 말하는 션~ ㅋㅋ

그런데 지난 주에,
6세 때 같은 반이었던 여자친구를
밖에서 우연히 만나게 되었다.

유독 션을 좋아했지만, 6세를 마치고 전학을 갔던 친구…!

늘 단짝처럼 붙어다녔던 친구라 많이 반가웠을 텐데…

쑥스러운지 제대로 인사도 못 나누고 헤어져야 했다.

그런데 몇 분 뒤,
엘리베이터 앞에 서 있는 친구를 다시 보게 되었다.

어?

아우~ 아빠!
나 목말라요…

가서
물 마시고 와~
^^

용기를 내어 친구 가까이로 다가간 션…

친구랑 한 번 더 인사하고 싶은가 보네~ ^^

하지만 곧 엘리베이터 문이 열렸고…

션은 사라져 가는 친구의 뒷모습만 바라보게 되었다… ㅠ..ㅠ

작년, 인기 절정이던 시절…

그 중에서도 선을 무척이나 좋아했던 친구였다는 걸 알기에…

이상하게 아빠 마음이 더 짠~~하고
뭉클했었다고… ^^;;

크흑~

아빠 만화를
너무 많이
본 것 같아…

그날 밤…

순수하고 예쁜 어린 시절의 추억을 잊지 않기를 바라며… ^^

조숙한(?) 아이들은 유치원이나 놀이터에서 만난 친구를 가리키며
"엄마, 나는 이 다음에 커서 누구누구랑 결혼할 거야~"라는 말을
입에 달고 살기도 합니다.

저는 그런 아이들이 무척 사랑스럽게 느껴져요.
왜냐면 엄마 친구 아들과 결혼하겠다고~ 하겠다고~
입버릇처럼 말했던 여섯 살 꼬맹이의 제 모습이 떠오르기 때문이죠~ ^^

멀지 않은 미래에
누군가의 아내와 남편이 될 사랑스런 우리 아이들…

아름답고 멋진 어른으로 자라기를 축복합니다…
핫! 너무 이른가요? ^^

45화

# 누구랑 논다고?

여자친구 이야기는 전혀 하지 않는, 사나이 뚜!
늘 남자친구들 이야기 뿐인데…

등원할 때…

하원할 때…

다음 날, 하원 할 때…

하루에도 몇 번씩 돌변하는 뚜의 인간관계가 재밌다는…ㅋㅋ

친구들에게 그림을 그려 주면서, 반에서 인기를 얻게 된 뚜.

새친구가 온다니, 뚜는 궁금해졌다…

요즘 뚜의 관심사는 오로지 '키'!

엄마가 출산하는 바람에 9월부터
어린이집에 다니게 된 혀니…

동네 친구, 율과 승현이랑
함께 등원해서인지 잘 적응했다.

그러다 율과 승현이가 어린이집을
그만두게 되었는데…

그래도 혼자서 씩씩하게 잘 등원한 혀니!

사랑을 주셔서
감사합니다~

드륵

척

백김치!

씩씩하게 백김치도 담가 오고…

우아~ 오늘
백김치 만들었구나!

응! 먹어 봐~
옴마!

와아~

율과 승현이 없이도,
다른 친구들과 잘 노는지 궁금했는데…

어떤 친구랑 놀고 있는지는 몰라도, 잘~ 놀고 있다는… ㅋㅋㅋ

삼 형제의 친구 얘기 중에서 빼 놓을 수 없는 존재들!
사촌지간 칠 형제! 오랜만에 뭉쳤는데…

여덟 명 중, 넘버 원! 주영이(10세)

주영이 생각에, 넘버 포! 6세인 뚜 까지는 잘~만 가르치면
자기랑 같이 놀 수 있을 것 같았다고…

션, 뚜 정도면 같이
할 수 있을 거야!

넘버 파이브!　　　　넘버 세븐!　　　　넘버 식스!

새 물건엔 늘~ 조무래기 동생들이 먼저 관심을 보인다는…! ^^;
(놀이상자를 사수하는 넘버 원! 주영이~! 힘내! ㅋㅋㅋ)

영 유아기를 지나면서 아이들은
친구들과 어울려 노는 법을 터득하기 시작하지요.
놀이터에서 처음 만난 친구와도 재잘재잘 흙장난을 하며
금방 친해지기도 하구요.

작은 일로 투닥거리며 싸우기도 하고
한바탕 눈물을 흘리기도 하지만
배시시 한 번 웃는 웃음으로 화가 풀리는 아이들…

사촌 지간에 사이가 참 좋은 집들도 있죠~
우리 집 삼 형제도 사촌 사 형제와 둘도 없는
우정을 과시하고 있는데요…
우리 막내 랄라도 오빠들과 잘 어울려 줬으면 좋겠는데
과연 일곱 오빠들의 생각은 어떨지…? ㅎㅎ

끝까지 포기 안 하는 넘버 식스! ^^ ㅋㅋㅋ

46화

# 아빠 뭐하시는데?

유독 피곤하고…

유독 바쁜 날…

바로바로 마감 있는 날!

마감 시간은 오후 3시!

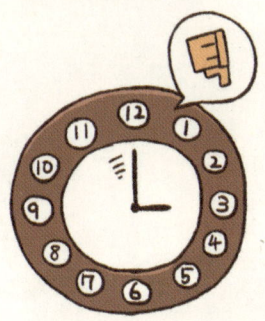

그러나 마감의 기쁨을 만끽할 여유 따윈 없다!
후루룩! 점심을 먹고 바로 아이들을 데리러 가야 하기에~

마감을 했으니 가까운 곳이라도 외출하고 싶은 엄마, 아빠~

일단 밖에 나오면, 넷째는 품에 안아 재우고…

셋째는 유모차를 끌어서 재우고…

첫째, 둘째는…

이제 실내놀이터는 시시해진 션과 뚜…(안타깝다! ㅠ..ㅠ)

이제, 큰 애들은 아이쇼핑 할 나이인가 보다~ ㅋ

수유를 하다가 랄라가 잠이 들면
수첩을 꺼내어 스토리 작업을 하곤 하는데…

얼마 전, 스토리 작업을 하다가 '그 아주머니'를 다시 만났다.

아!
저 분은…?

'그 아주머니' 란,
지난 여름에 유아 휴게소에서 뵈었던 분인데…

아유~ 예쁘게
생겼네? 곧 동생
보는구나~!

흠~!
딱 보니까…

다음 날에도 같은 장소에서 아주머니를 다시 만났는데…

정말 눈썰미 없으신 아주머니…^^ ㅋㅋㅋ
(덕분에 남편과 빵~ 터졌답니다~)

블럭 놀이터에서 한 시간 째 놀고 있는 션과 뚜

잘 놀고 있는지 슬쩍 살펴보러 갔더니

'엄마가 일 하시고 아빠가 애들 돌보는 집안이구나…'
라고 생각할 만한 션의 답변에 아빠가 다소 실망했다고…
ㅋㅋㅋ

당시, 일주일에 마감 네 개를 하면서
어린 막내에 삼 형제까지 돌보는 게 너무 벅찼었어요.

마감이 없는 날 조금이라도 미리 해 두면 참 좋을 텐데
그게 어째 그렇게 힘이 드는지… ㅠㅠ

스토리를 잘 써야 남편이 그림을 그리는데
옆에서 아이들은 뛰놀고, 막내는 수유까지 해야 하니
정신은 하나도 없고…
글이 제대로 써질 리가 없었죠. ㅠㅠ

그래서 사실, 아이들 키우면서 연재한 작품 곳곳에
아쉬움이 크게 남아 있답니다.
좀 더 집중해서, 좀 더 잘 하고 싶었는데…

그럼에도 불구하고
저희 작품을 사랑해 주시는 분들이 계시니
그저 감사할 따름이지요~ ^^

아이들은 여전히 시끄럽게 떠들고
챙겨야할 것들은 늘어나겠지만
앞으로도 열심히 마감하도록 해야겠어용~!!

아자 아자!!

47화

# 이만큼 자랐어요!

조금씩 똘망해지고 있는 랄라! 어느덧 백일이 되었다!

백일 날 아침!

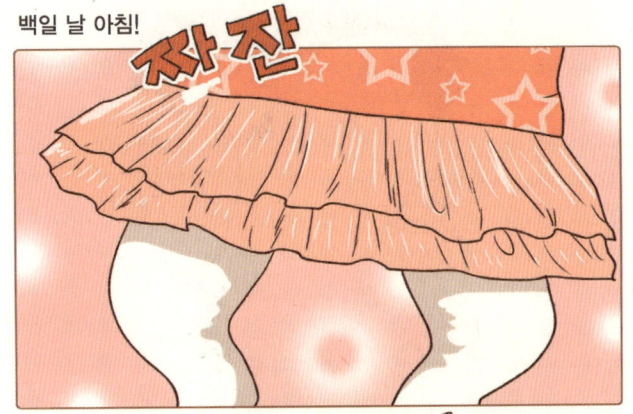

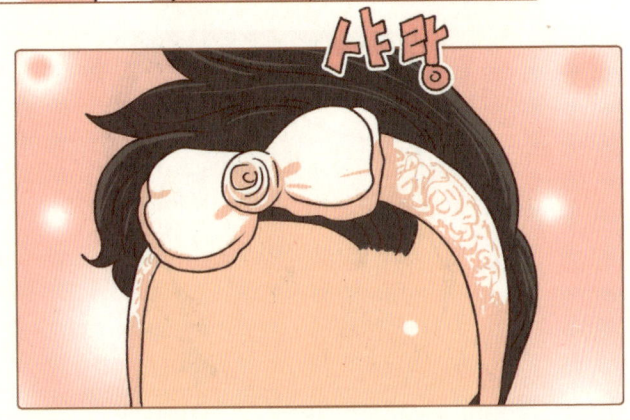

핑크 커플로 변신 완료!

아들들~! 적응해 주길 바랄게~

백일 기념 식사를 하기로 한 한식당.

할아버지와 태오 삼촌네가 먼저 도착해 우리를 반겨 주셨다~

곱상한 외모와 달리, 힘이 넘치는 세 살 쭌이!
삼 형제가 쭌이 앞에서 꼼짝 못할 정도!

방을 누비고~ 형들을 끌어안고~ 신이 나서 들떠 있는데…

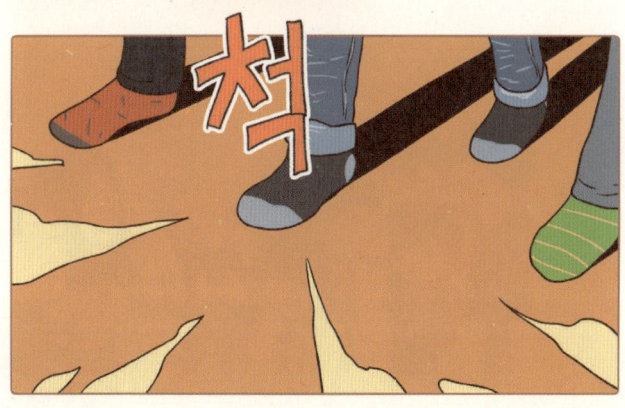

강렬한 포스의 큰 형님들 등장에…

다소 긴장한 쭌이… ㅋㅋㅋ

내 밑으론 랄라뿐…

애들이 많아서 방 두 개를 연결해 빌렸었는데…

이모와 삼촌 덕분에, 오랜만에 양가 어른을 모시고
즐겁게 식사할 수 있었다… ^^

어서 다른 장소로 옮겨야겠군!

오빠들 여덟 명의 에너지 발산을 위해,
500평 규모의 실내 놀이터로 이동!!

비주얼로는 십 킬로그램은 거뜬해 보이지만

알고보면, 칠팔 킬로그램의 준수한(?) 무게로 성장한… 랄라 양~

음…
좋아…

한두 시간마다 깨야 했던 처음 두 달까지의 시간…

군데군데 접힌 살에서 진물이 날 만큼
무럭무럭 자란 랄라!

뒤집기는 못 하지만
발차기 동작은 정확하고 시원시원해진 랄라~!

알았어~
덮지마, 덮지마~!
이불 발로 차는 건
사 남매가 다 똑같네~!

웃음소리 또한 또렷해져서, 듣는 사람을 즐겁게 해 주는데…

까르르르~
까르르르~

덕분에 오빠들이 한 번이라도 더 웃기려고
아주 많이 애쓰고 있다는…ㅋㅋ

그렇게 백일이 지나갔다!

감개무량하다~! ㅠ..ㅠ

아… 랄라 백일! ^^

남들 다 한다는 백일 사진도 못 찍어 주고,
백일 상도 차려주지 못했지만
가족 모두가 누구보다 기뻐하며 축하해 준 백일이었답니다! ^^

"랄라야, 그래도 백일 떡은 외할머니가
최고로 맛있는 걸로 잘 챙겨 주셨단다~^^"

아침에 눈을 뜨고,
딸과 함께 커플룩을 챙겨 입으며 느꼈던 제 감정은…
이루 말할 수 없을 정도로 벅찼어요.

아직도 문득문득 제게 딸이 있다는 게
믿기지 않는 날들이랍니다~ ㅎㅎ

식사 후, 아빠들 삼인방이 아들 여덟 명을 맡아 주고
외할머니, 이모, 큰엄마와 랄라까지
여자들만의 소중한 힐링 타임을 갖게 해 준 것,
세상 최고로 고마운 선물, 잊지 않을게요~!!

여러모로 행복한 랄라 백일이었답니다~^^

48화

# 형은 은니 없지!?

아이들이 어릴 땐…

먹는 것.

입는 것.

노는 것,
다 신경 써줘야 하는데…

그 중에서 가장 힘든 것은,
바로 **치아관리**이다!

첫 이가 나오면 본격적인 치아관리가 시작된다!

이가 나오는 시기는 아이들마다 다른데,
돌 전에 한 개 이상만 나오면 다 정상이라고~ ^^

첫 이가 나왔다면 거즈나 부드러운 천으로 닦아 주기 시작한다.

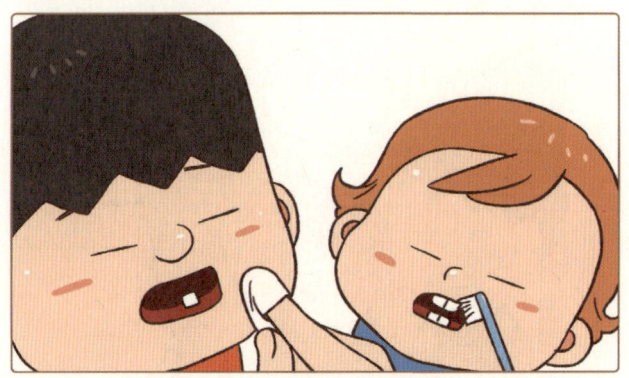

이가 어느 정도 더 나오면 칫솔질을 시작하는데
이때는 치약 없이 물로만 해 주면 된다~

두 돌이 지나서 헹군 물을 뱉어낼 수 있게 되면

조금씩 어린이용 치약을 쓰면 되는데…

6~7세 쯤 돼서 스스로 칫솔질을 할 수 있게 된다 하더라도

양치 마무리는 부모가 꼭 다시 해 줘야 한다~! 이때 치실도 필수!

열 살이 넘어서도 마무리는 부모가 해줘야 한다고 하니…

아… 내 이 관리하는 것도 귀찮은데
정말 쉽지 않은 일이다.

그러나 부모가 아무리 신경 써서 해 준다고 해도
**충치**는 생기는 법!

게다가 유독 잘 썩는 이가 있는 것 같다! ㅠ..ㅠ

6년을 똑같이 먹었고, 똑같이 양치해 줬는데…
충치가 많이 생긴 션!

지난 6년 동안 충치가 하나도 없던 뚜!

그러나 뚜마저… 얼마 전 충치를 발견…! ㅠ..ㅠ

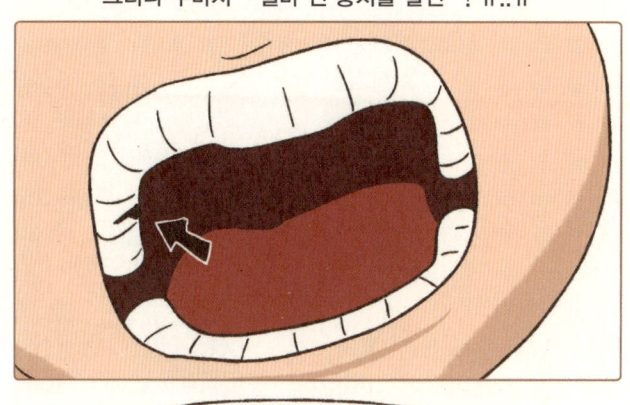

얼마나 썩었는지는
치료해 봐야 알 것 같아요
마취하고 할 거예요~

그럼 주사
맞아야 돼요?

네~ 혹시 뚜가
징징대는 편인가요?

네… 엄청 많이
징징대는데…

다음 날.

큰 선물 사 주기로 약속하고, 어느 정도 마음을 다잡은 뚜.

네 군데나 주사를 맞은 뚜…

엄마가 너무 어리게만 생각했네~ 의젓해진 뚜… ^^

치료 후!

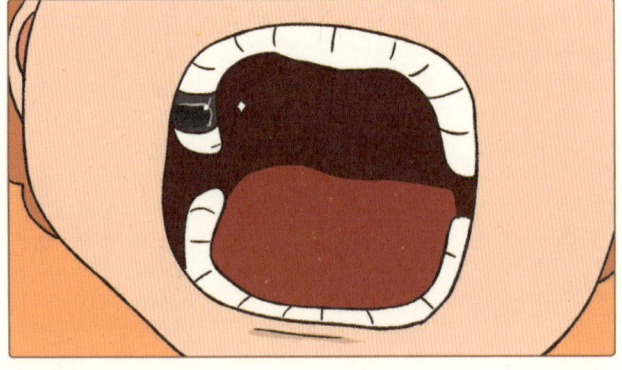

셋째는 초반에 너무 신경을 못 써 줘서 이미 은니가 하나 있다~
(미안해… ㅠ.ㅠ)

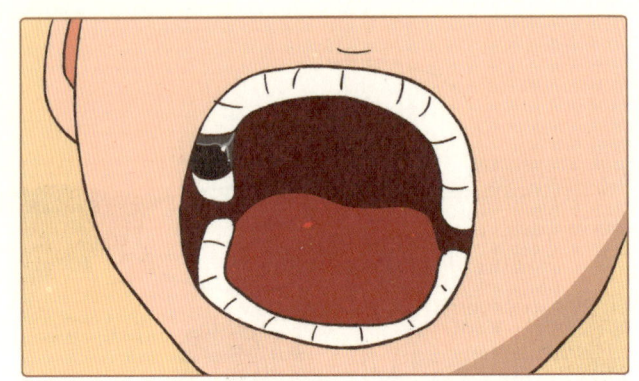

오...잉 진짜네!

어째, 징징 안 한다 했다… ㅋㅋ

아…
치아 관리…
정말 쉽지 않아요~ ㅠ.ㅠ

첫애 하나일 때도,
둘째 셋째 태어나면 치아 관리는 어떻게 해 주나
미리 걱정이 됐을 정도로
정말 하기 싫고, 하기 힘든 일 중 하나였어요.

그러나 귀찮게 여기고 소홀히 했다가는
나중에 엄청난 뒤통수를 맞게 된다는 무시무시한 사실!

치료하느라 아이들은 아이들대로 고생하고
치료비로 목돈이 깨지니 엄마, 아빠 속도 좀 쓰리구요. ㅠㅠ

셋째는 정말 너무 신경을 못 써줘서 미안했는데…
막내 랄라는 지금부터 정말 정말 신경 써줘야겠어요!

그나저나 요즘은 아이들보다 아빠가 더 걱정입니다.
뽑아야 할 사랑니가 네 개나 된다고 해서 말이죠… ㅠ..ㅠ

"여보~ 난 애를 넷 낳았잖아… ㅋㅋ
당신도 눈 꼭 감고 네 번의 치료 잘~ 받길 바랄게용~~"

49화

# 한 해가 저물며…

네 살 주환군은 사 형제 중에서는 막내로 태어나 가족의 사랑을 독차지했는데요~ 몇 달 뒤 동갑내기 혁니가 태어나고, 그 뒤로 여동생 랄라마저 태어나면서 막내 자리를 뺏기고 말았네요~!

울 집에선 내가 막내인데…

얘네들 만나면 형, 오빠가 되네~

이쯤에서 초대가수를 모시도록 하겠습니다.

막춤의 대가! 혁니 나와주세요~!

엄마들끼리 연락이 닿아
겨울 방학 때 다시 만나기로 하며
풋풋한 마음을 이어갔습니다~

(앗! 이제 방학이네요! ^^ 곧 만나자~ 은지야~)

자~ 이제 오늘의 하일라이트!
〈2014년도! 대박상!〉

한 해 동안 잘~하셨습니다!
우리 모두 상 받을 자격이 있어요~ ^^
축복합니다~!!

하루하루 버텨내야 하는 육아를 하며
밤이 되면 나도 모르게 입버릇처럼
"후우~ 또 하루가 지나갔다~"라고 말하곤 했습니다.

하루의 삶을 기쁘게 온전히 살아가는 게 아니라,
그저 버텨내야 하는 시간들로 치부해 버린 것이죠…

근래에 책을 읽다가 알게 되었습니다.
하루하루는 지나가는 게 아니라 쌓이는 거라고…

이렇게 또 한 해가 간 게 아니라
우리 인생에 한 해가 또 쌓였네요.
새해에는 어떤 일들을 쌓고 계신가요…?

아무쪼록 독자님들 모두의 삶에
기쁘고 감사한 일들이 가득가득 쌓이시기를…

행복하세요! ^^

엄마 판박이! ㅋㅋ

드디어 딸 아빠 되다!

내가 딸을 낳다니!

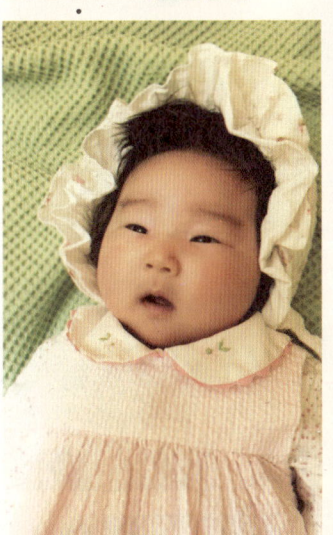

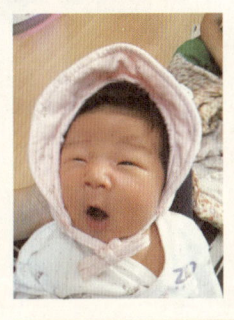

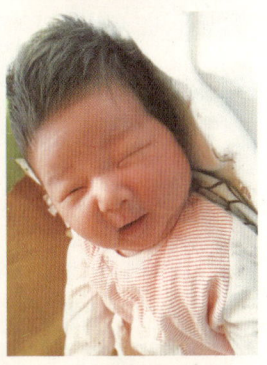

뭐가 저리 즐거울까?

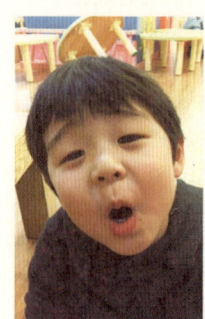

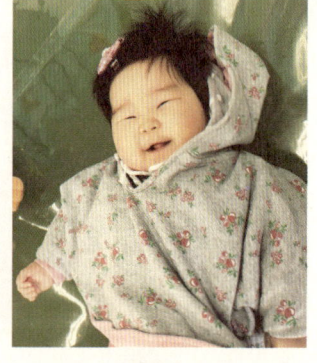
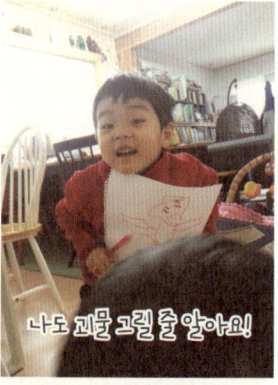

나도 괴물 그릴 줄 알아요!

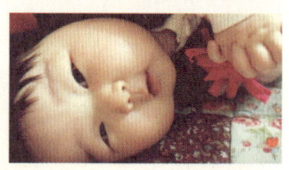

유독 어린이 같이 나온 첫째, 션!

닮았나?

딸이 마냥 신기한 아빠! ㅎ ㅎ

기분 좋아용~

막내 사랑은 뚜 오빠로부터~

랄라 백일 축하해~

뚜야, 랄라가 그렇게 좋아?

아가가 마냥 신기한
오빠들~

짜잔~!

아직 윙크는 못해요~

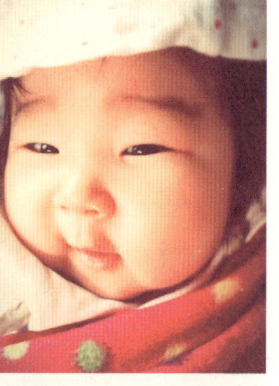

으아아아앗!

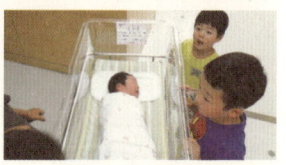

현니는 어디에?

드디어 패밀리사이즈 2권이..♡

이 가족, 참 사랑스럽~~럽럽♬

ONE LOVE

패밀리 사이즈 ②

패밀리사이즈 2권
축하축하축하해!
페리테일
perytail